CANTIQUES

POUR LE MOIS DE SAINT MARTIN

PAR

M. l'abbé Achille DUPUY

Curé d'Assay-Grazay, au diocèse de Tours

Ouvrage approuvé par Mgr Guibert, archevêque de Tours.

———⊶◉⊷———

TOURS

IMPRIMERIE LADEVÈZE

1860.

CANTIQUES

POUR LE MOIS DE SAINT MARTIN

PAR

M. l'abbé Achille DUPUY

Curé d'Assay-Grazay, au diocèse de Tours

Ouvrage approuvé par Mgr Guibert, archevêque de Tours.

———————

TOURS

IMPRIMERIE LADEVÈZE

1860.

RAPPORT ADRESSÉ A Mgr L'ARCHEVÊQUE DE TOURS

POUR LE MOIS DE SAINT-MARTIN.

Ces cantiques reproduisent en vers les principaux traits de la vie de saint Martin. La poésie s'y joint agréablement à l'histoire pour aider à graver plus profondément dans la mémoire le souvenir des vertus du grand évêque de Tours. On y célèbre, en un langage harmonieux, la gloire du Patron des Gaules, on s'y recommande à sa puissante protection. Ces cantiques sont empreints d'une tendre piété. Ils contribueront, nous n'en doutons pas, à ranimer et à propager la dévotion envers saint Martin.

Il en est de même du mois de saint Martin.

Les exercices de chaque jour se composent : 1° d'un trait de la vie de Saint Martin ; 2° de réflexions pieuses ; 3° d'un exemple emprunté à l'histoire des disciples de Saint Martin ou des personnages remarquables par leur dévotion envers le saint évêque de Tours ; 4° d'une prière.

L'auteur a choisi les traits les plus saillants de la vie de notre saint évêque, de manière à faire connaître ses principales actions et ses vertus. La charité héroïque de Saint Martin est surtout mise en évidence. A l'aide des pieuses réflexions qui lui sont suggérées, le lecteur est excité à l'imitation des vertus qui lui sont proposées pour modèle.

Chacun des exercices du *Mois de Saint Martin* est propre à nourrir la piété des fidèles et à exciter leur confiance envers Saint Martin. Tout y respire la dévotion. Chaque page est de nature à produire d'heureuses impressions sur l'esprit des fidèles.

Je crois que cet ouvrage est digne de l'approbation de Monseigneur l'Archevêque.

A Tours, le 23 *août* 1859.

J.-J. BOURASSÉ, *chan*.

APPROUVÉ PAR NOUS,

Tours, 2 *septembre* 1859.

† J.-HIPP. GUIBERT, *arch. de Tours.*

AIRS DES CANTIQUES.

CANTIQUES

POUR LE MOIS DE SAINT MARTIN.

VEILLE DU 1er JOUR

SAINT MARTIN APÔTRE DES GAULES.

1.

Salut, ô glorieux Martin,
L'oracle et l'amour de nos pères ;
Tu leur prêchas le nom divin :
Leurs enfants t'offrent des prières ;
Comme jadis à nos aïeux,
Daigne nous montrer ta puissance.
Et nous dirons ce chant pieux :
Honneur au Patron de la France.

2.

A travers de lointains climats,
Quittant la farouche Hongrie,
Tu suivis le sort des combats
Et tu vins dans notre patrie.
Ta charité, devant Amiens,
Porta secours à la souffrance ;
Partage-nous encor tes biens,
Céleste Patron de la France.

3.

Pour fuir un monde séducteur,
Tu te retires près d'Hilaire ;
Sous l'aile de ce grand docteur,
Tu vis en humble solitaire,
Ah ! fais reflorir parmi nous
Cette rigoureuse observance,
Et nous devrons des jours plus doux
A Martin, Patron de la France.

4.

Nos pères n'avaient d'autres loi
Que le vain culte d'une idole :
Tu leur fis connaître la foi,
Dieu les changea par ta parole.
Ah ! viens éclairer notre esprit
Et ranimer notre espérance :
Prêche - nous encor Jésus-Christ,
Bon Martin, Patron de la France.

5.

Pontife du peuple de Tours,
Ta ferveur ne voit plus d'obstacles,
Le zèle consume tes jours,
Rien ne résiste à tes miracles.
A ta voix cèdent tous les maux,
La mort même perd sa puissance:
Garde le fruit de tes travaux,
Garde-nous, Patron de la France.

6.

Souriant au bord du tombeau,
Déjà tu saisis la victoire ;
Mais les larmes de ton troupeau,
Dans ton cœur, balancent ta gloire.
O notre Père plein d'amour,
Prête-nous la sainte assistance,
Pour qu'au ciel nous chantions un jour :
Honneur au Patron de la France.

PREMIÈRE NEUVAINE.

1ᵉʳ Jour.

ENFANCE DE SAINT MARTIN.

1.

« Du haut du ciel, Seigneur, entends ma voix ;
« Un humble enfant te choisit pour son Père :
« Il porte au front le signe de ta croix,
« Et pour toujours en toi son cœur espère.

2.

« Depuis l'instant où ma faible raison,
« Pour te connaître éveilla ma pensée,
« Tu m'appelas dans ta sainte maison,
« Loin des erreurs d'une foule insensée.

3.

« A ta lumière éclairant mon esprit,
« Je méprisai d'inutiles idoles :
« Rends-moi semblable à ton Fils Jésus-Christ,
« Fais-moi goûter tes divines paroles.

4.

« Le monde, en vain, s'acharnant contre moi,
« Veut m'opposer sa barrière fragile ;
« Rien ne pourra m'arracher à ta loi,
« Rien de mon cœur n'ôtera l'Evangile.

5.

« Dieu des chrétiens, fais connaître ton nom
« A ceux, hélas ! pour qui je te supplie :
« Ils sont encore esclaves du démon,
« Ils sont captifs : que ta main les délie.

6.

« Oh ! quand viendra, Seigneur, l'heureux moment,
« Où, de toi seul je ferai mon étude,
« Où loin du monde et de son vil tourment,
« Je trouverai Dieu dans la solitude !

7.

« Qu'il est heureux l'habitant du désert !
« Son âme, en paix, te goûte et te contemple :
« A ses regards le ciel même est ouvert,
« Et la nature est pour lui comme un temple.

8.

« Volez, volez, ô mes brûlants désirs,
« Et devancez la lenteur de mon âge ;
« Rapportez-moi de ces pieux plaisirs
« Un avant-goût qui serve mon courage. »

9.

Ainsi parlait à l'ombre du saint lieu,
Martin, encore au seuil de sa carrière.
Un ange pur, s'élevant jusqu'à Dieu,
Lui présenta cette ardente prière.

10.

Puissant Martin, prête-moi ton secours,
Pour que ce Dieu qui charma ton enfance
Daigne accorder au reste de mes jours
Et ta ferveur et ta persévérance.

2ᵉ Jour.

IL EST ENROLÉ PAR SON PÈRE.

1.

O sublime tableau ! Prodige de la foi !
La vertu, dans les camps, signale sa présence :
Martin de son valet semble accepter la loi ;
A l'orgueil de mon cœur il impose silence :

Refrain.

Pieux Martin, regarde-nous,
Et rends nos cœurs humbles et doux.

2.

Suivant, contre ses vœux, les drapeaux des Césars,
Il n'a point secoué le joug du divin Maître ;
Du Dieu qui s'est fait humble il voit les étendards ;
Et c'est, pour le guider, les seuls qu'il veut connaître

3.

C'est par l'humilité que débute Martin,
C'est par l'humilité qu'il ouvre sa carrière ;
C'est elle qui le fait marcher d'un pas certain,
C'est elle qui rendra puissante sa prière.

4.

L'humilité sera l'assuré fondement
Qui doit de ses vertus supporter l'édifice ;
Martin méritera, par son abaissement,
De commander aux rois, d'épouvanter le vice.

5.

La douce humilité, compagne de ses jours,
Sur tous ses ennemis lui promet la victoire,
Dépose dans ses mains le céleste secours,
Et doit le faire entrer dans la céleste gloire.

Refrain.

Pieux Martin, regarde-nous,
Et rends nos cœurs humbles et doux.

3ᵉ Jour.

SA CONDUITE DANS L'ÉTAT MILITAIRE.

Refrain.

Heureux Martin, dont l'enfance,
Par Dieu formée au combat,
Sut conserver l'innocence,
Sous le casque du soldat.

1.

Imitant celui qu'il adore,
Il se montre l'enfant de Dieu ;
Donnant toujours, donnant encore,
Il répand l'aumône en tout lieu.

2.

De celui qui parfois le raille,
Par l'amour il sait se venger :
Intrépide dans la bataille,
Il sourit au sein du danger.

3.

La plus turbulente jeunesse,
L'ennemi le plus irrité,
S'arrêtent devant la sagesse
De son aimable charité.

4.

Mais, pendant que chacun l'admire,
Il court auprès des malheureux,
Console celui qui soupire,
De l'indigent comble les vœux.

5.

Aide-nous, Martin, sur la terre,
De nos maux allège le faix ;
Et puissions-nous, après la guerre,
Chanter dans l'éternelle paix :

Refrain.

Heureux Martin, dont l'enfance,
Par Dieu formée au combat,
Sut conserver l'innocence,
Sous le casque du soldat.

4ᵉ Jour.

IL PARTAGE SON MANTEAU.

Refrain.

O charité, viens échauffer notre âme ;
Grand saint Martin, qui brûlas de ses feux,
Allume en nous cette divine flamme,
Qui, comme toi, doit nous conduire aux cieux.

1.

L'hiver régnait : — Aux portes de la ville,
Un mendiant racontait ses douleurs ;
Tout était sourd à sa plainte inutile ;
Chacun passait en dédaignant ses pleurs.

2.

Martin le voit : ému de sa détresse,
Il cherche en vain comment le secourir ;
Pauvre lui-même, il n'a que sa tendresse :
Le malheureux de froid va-t-il mourir ?

3.

Jeune soldat, ta main saisit le glaive,
Qui n'eut jamais un usage plus beau :
L'infortuné croit soudain faire un rêve,
En se couvrant d'un pan de ton manteau.

4.

Ainsi, tandis que l'avare opulence,
Pour le malheur n'avait que dureté,
L'humble soldat à la triste indigence
Savait encore offrir sa pauvreté.

5.

Martin ici, par un commerce étrange,
Tu prends le froid et donnes la chaleur :
La charité sait, par un noble échange,
Donner la joie et prendre la douleur.

6.

Du haut du ciel, où sa splendeur habite,
Daigne Martin sur nous porter les yeux,
Et, pour couvrir nos âmes sans mérite,
Jeter sur nous son manteau glorieux.

Refrain.

O charité, viens échauffer notre âme :
Grand saint Martin, qui brûlas de ses feux,
Allume en nous cette divine flamme,
Qui, comme toi, doit nous conduire aux cieux.

5e Jour.

JÉSUS - CHRIST LUI APPARAIT.

1.

Jeune soldat, tu fermes ta paupière,
Mais ton cœur veille et s'élance au saint lieu,
Ton corps repose et ton âme en prière,
Dans ton sommeil, s'élève encor vers Dieu.

Refrain.

Charité sainte,
O vrai bonheur !
Amour sans crainte,
Viens habiter mon cœur.

2.

Soudain le Christ, au milieu de sa gloire,
Paraît couvert d'un informe lambeau :
« Martin, dit-il, rappelle ta mémoire,
« Reconnais-moi, reconnais ce manteau. »

3.

Et puis tournant sa figure sereine
Vers les esprits dont se forme sa cour :
« Martin, dit-il, encor catéchumène,
« M'a revêtu de ce gage d'amour. »

4.

D'un faible don récompense splendide !
Humble soldat, quel excès de bonheur !
Tu revêts Dieu de ta blanche chlamyde ;
Pourpres des rois, enviez cet honneur.

5.

Ce Dieu du Ciel, maître de la nature,
Dont la bonté nous prodigue les biens
Et donne l'être à toute créature,
Compte pour lui tout ce qu'on fait aux siens.

6.

Dieu s'enrichit de nos humbles largesses,
Quand nous donnons à ses membres souffrants,
Notre mérite augmente ses richesses :
Le Père veut le salut des enfants.

Refrain.

Charité sainte,
Amour sans crainte,
O vrai bonheur !
Viens habiter mon cœur.

6ᵉ Jour.

SAINT MARTIN DEMANDE SON CONGÉ.

Chœur.

Soldat glorieux,
Écoute nos vœux,
Prête-nous ton courage ;
Qu'au Dieu de la croix
Notre faible voix,
Avec la tienne, rende hommage.

1.

Le courroux d'un prince hautain,
Les regards de toute une armée,
N'ont pu faire pâlir Martin,
Son âme à la crainte est fermée.

2.

« Jusqu'ici, sous tes étendards,
« Dit-il, j'ai suivi la milice,
« Ah ! permets que, loin des hasards,
« De Dieu j'embrasse le service.

3.

« Pour celui qui suivra ta loi,
« Prince, réserve tes largesses :
« Tes présents ne sont rien pour moi :
« J'ai, dans le ciel, d'autres promesses.

4.

« Dieu, pour un plus noble combat,
« M'apprête une éternelle gloire :
« Le Christ appelle son soldat
« Et lui prépare la victoire.

5.

« Mon courage offense le tien :
« Tu crois que je veux fuir ma tâche,
« Tu sauras ce qu'est un chrétien,
« Un chrétien ne peut être un lâche.

6.

« Demain, tes plus vaillants guerriers
« Me verront braver les alarmes ;
« Au devant des coups meurtriers
« Je marcherai, seul et sans armes.

7.

« Nul cri que le nom de Jésus
« Ne s'échappera de ma bouche,
« A ce nom, tremblant et confus,
« Cèdera l'ennemi farouche.

8.

« J'aurai pour abriter mon front
« Le seul signe de la croix sainte,
« Qui jamais n'a subi d'affront
« Et qui ne permet pas la crainte.

Chœur.

Soldat glorieux,
Écoute nos vœux,
Prête-nous ton courage ;
Qu'au Dieu de la croix
Notre faible voix,
Avec la tienne, rende hommage.

7ᵉ Jour.

SA RETRAITE AUPRÈS DE SAINT HILAIRE.

1.

Esprit d'amour, exauce nos prières,
Mets dans nos cœurs les vertus de Martin,
Eclaire-nous d'un trait de ses lumières,
Embrase-nous de son feu tout div'n.

2.

Sorti des camps, loin d'un monde perfide,
Qu'il a vaincu par sa noble fierté,
Maître lui-même, il veut chercher un guide,
Et sous sa loi trouver la liberté.

3.

Heureux celui qui se laisse conduire
Par les avis d'un homme craignant Dieu !
Sous cet abri, rien ne pourra lui nuire ;
L'esprit du Ciel l'accompagne en tout lieu.

4.

Mais quoi ? Martin, lorsque ton Maître ordonne,
Ta voix répond par un constant refus !
— C'est que, dit-il, d'un honneur qui m'étonne,
Il veut charger son disciple confus.

5.

L'humilité combat l'obéissance ;
L'humilité l'emporte dans son cœur ;
L'humilité couronne sa puissance ;
Par elle un saint de lui-même est vainqueur.

6.

Digne déjà des honneurs de l'Eglise,
Il se récuse à ses emplois sacrés ;
Digne d'un trône, un grand saint se méprise,
Et veut rester dans les plus bas degrés.

7.

Fuyons ainsi cette trompeuse amorce
Que l'orgueil tend à notre faible esprit ;
Daigne Martin nous prêter de sa force,
Pour ne chercher en tout que Jésus-Christ.

8ᵉ Jour.

IL TOMBE ENTRE LES MAINS DES VOLEURS.

1.

Dieu l'a conduit auprès d'Hilaire :
Dieu veut tous deux les séparer :
A Dieu seul Martin cherche à plaire,
Et ne craint pas de s'égarer.

Refrain.

Soumettons-nous à notre Maître,
Laissons-nous guider par sa main ;
C'est lui qui nous fera connaître
Notre but et notre chemin.

2.

Au moins, si sa marche l'engage
Ici-bas dans quelque péril,
Martin sait bien que son voyage
Le mène à la fin de l'exil.

3.

Martin, au sein d'une nuit sombre,
Voit un messager radieux,
Dont la splendeur dissipe l'ombre
Et qui lui dit l'ordre des cieux.

4.

Il faut quitter ce doux asile
Et tout son paisible bonheur,
Echanger ce séjour tranquille
Pour la course du voyageur.

5.

Il faut abandonner les charmes
D'une sainte société,
Pour se jeter dans les alarmes
Et combattre l'impiété.

6.

Martin fuit cet heureux domaine
Où du Seigneur règne la loi ;
Vers une région lointaine
Il part pour confesser sa foi.

7.

Anges, servez-lui de cortège,
Assistez-le de vos secours :
Que votre zèle le protège,
Et de tout mal garde ses jours.

8.

Mais, Ciel ! que vois-je ? Sur sa tête
Un bras inhumain est levé.
Déja pour lui la mort est prête...
Ne craignons plus : il est sauvé.

Refrain.

Soumettons-nous à notre Maître,
Laissons-nous guider par sa main ;
C'est lui qui nous fera connaître
Notre but et notre chemin.

9ᵉ Jour.

IL CONVERTIT UN BRIGAND.

1.

En présence d'un vil brigand,
Qu'en tous lieux l'horreur accompagne,
Dans ce désert de la montagne,
Oh ! combien Martin paraît grand !
Bien plutôt juge que victime,
Il lui parle avec liberté,
Confond son aveugle fierté,
Et le fait rougir de son crime.

2.

« Qui donc es-tu ? — Je suis chrétien, »
Répond Martin plein d'assurance.
« N'as-tu point peur ? — Non ; l'espérance
« En Dieu me montre mon soutien ;
« Je suis son fils : ce Père tendre,
« Dans mes périls veille sur moi.
« Ah ! plutôt j'ai pitié de toi,
« Que son courroux peut seul attendre.

3.

« Le Christ est descendu des cieux,
« Apportant la paix à la terre :
« Par un touchant et doux mystère,
« Il sauve tout homme pieux ;
« A qui veut sa grâce il l'accorde :
« Il est mort pour notre salut ;
« Mais il faut, pour tendre à ce but,
« Mériter sa miséricorde. »

4.

Qui l'eût cru ? le voleur, touché,
Lui prête l'oreille avec joie ;
Il remet le saint dans sa voie ,
Et dit en pleurant : « J'ai péché.
« Puisse désormais ma carrière
« Suivre le sentier du Seigneur ;
« Et, pour obtenir ce bonheur,
« Je me confie en ta prière. »

5.

Il dit, et fidèle à son choix ,
Sous l'habit de la pénitence ,
Il recouvra son innocence ,
Et de Jésus suivit la croix.
Toi qui, dans sa noire caverne,
As pu convertir un voleur,
O Martin, donne sa douleur
A tous ceux que Satan gouverne.

DEUXIÈME NEUVAINE.

10ᵉ Jour.

LE DÉMON LUI DÉCLARE LA GUERRE.

1.

Le chrétien, sur cette terre,
Doit s'apprêter aux combats,
Et du démon la colère
Le suit toujours ici-bas.

Refrain.

Dieu, je ne crains nulle entrave,
Avec ton secours puissant ;
Près de toi, Seigneur, je brave
Les menaces du méchant.

2.

Le saint marche en assurance
Où Dieu lui montre son but :
Vers son pays il s'avance,
Pour y porter le salut.

3.

De toute entreprise rainte
Cet éternel ennemi ,
Satan, de rage et de crainte ,
A son aspect a frémi.

4.

Pour l'arrêter dans sa voie ,
Il ose dire : « Où vas-tu ?
« Aux maux tu seras en proie ,
« Et par Satan combattu. »

5.

Martin dissipe cette ombre
Par un trait venu des cieux ,
Et chasse l'ennemi sombre
Par ce mot victorieux :

Refrain.

« Je ne craindrai nulle entrave
« Sous l'aile du Tout-Puissant ;
« Et près du Seigneur je brave
« Les menaces du méchant. »

11ᵉ Jour.

IL EST MALTRAITÉ PAR LES ARIENS.

1.

Aux transports d'une sainte ardeur
Martin abandonne son âme :
Pour la gloire du Rédempteur
Son zèle généreux s'enflamme.

Refrain.

Avec Martin confessons notre foi,
    Au mépris de la vie,
Et proclamons Jésus pour notre roi,
    En face de l'impie.

2.

Dieu veut aguerrir son soldat
Et fortifier son courage ;
C'est lui qui, dans ce grand combat,
Contre l'impiété l'engage.

3.

Contre tous, du dogme sacré
Il ose prendre la défense :
Des grands et d'un peuple égaré
Il brave l'aveugle puissance.

4.

Il lutte seul contre les flots
Dont l'environne l'hérésie,
Sans redouter les noirs complots
De sa cruelle frénésie.

5.

Enfin, sur lui portant les mains,
L'ennemi l'insulte et l'outrage ;
Mais en vain des cœurs inhumains
Contre lui déchaînent leur rage.

6.

Sous les coups même des bourreaux,
Héraut du Christ, il prêche encore,
Et répond à des coups nouveaux
En répétant : « Oui, je l'adore. »

7.

Les verges sillonnent ses chairs ;
Les fouets y creusent leur empreinte,
Doux supplices que lui rend chers
L'amour de la vérité sainte.

8.

Il regarde comme un bonheur
De souffrir pour le Dieu qu'il aime :
Pour lui c'est un surcroît d'honneur
De souffrir comme Jésus même.

9.

O digne frère des martyrs,
Puissé-je égaler ta constance,
Et goûter mes plus doux plaisirs
Dans le mépris et la souffrance.

Refrain.

Avec Martin confessons notre foi,
    Au mépris de la vie ;
Et proclamons Jésus pour notre roi,
    En face de l'impie.

12ᵉ Jour.

IL SE RÉFUGIE DANS UNE ILE DÉSERTE.

1.

Martin s'enfuit devant l'orage
Amoncelé par les enfers :
Pour un temps, il cède à la rage,
Aux cruels desseins des pervers.

Refrain.

Quand, dans sa furie,
L'ennemi vient troubler ses jours,
Le chrétien se recueille et prie ;
Du ciel il attend le secours.

2.

La plus affreuse solitude
Est douce à qui n'aime que Dieu,
A qui fait son unique étude
De le méditer en tout lieu.

3.

Martin, dans son île déserte,
Voit l'Océan briser ses flots,
Comme ceux qui trament sa perte
Verront échouer leurs complots.

4.

Par la prière et le silence,
Par le jeûne et l'austérité,
Du méchant usant l'insolence,
Il combat pour la vérité.

5

Après la hache meurtrière,
Les fouets, l'exil et la prison,
Verra-t-il finir sa carrière
Dans les angoisses du poison?

6.

Il prie, et cette herbe perfide,
Qu'il a prise pour aliment,
A perdu sa force homicide :
Soudain s'apaise son tourment.

7.

Dieu met un terme à sa misère ;
Il rend le père à l'orphelin :
Près de Poitiers, un monastère
Réunit Hilaire et Martin.

Refrain.

Quand, dans sa furie,
L'ennemi vient troubler ses jours,
Le chrétien se recueille et prie :
Du Ciel il attend le secours.

13° Jour.

IL RÉSUSCITE UN CATÉCHUMÈNE.

1.

Daigne, ô Martin, exaucer ma prière,
Et me toucher de ton pouvoir vainqueur :
Toi qui rendis les morts à la lumière,
Maître puissant, rends la vie à mon cœur.
D'un rayon de ta flamme,
Viens réchauffer mon âme :
Protège-moi, conduis-moi jusqu'au port,
Toi qui domptas les enfers et la mort.

2.

Ne gémis plus, ô Gaule fortunée ;
Le Ciel sur toi fixe un regard plus doux :
Non, tu n'es pas du Christ abandonnée,
Et l'univers te voit d'un œil jaloux ;
La Grèce eut son apôtre ;
Mais nous avons le nôtre ;
Qu'il nous dirige et nous conduise au port,
Lui qui rouvrit les portes de la mort.

3.

Sur le trépas de ce catéchumène,
Frères pieux, vous répandez des pleurs ;
Voici Martin : son amour le ramène :
Il est en proie aux plus vives douleurs :
  La prière et les larmes
  Seront toutes ses armes :
Il va reprendre et reconduire au port
L'âme perdue aux gouffres de la mort.

4.

Comme autrefois un prophète fidèle,
Sur ce cadavre, intrépide il s'étend ;
Mais son esprit, dans la sphère immortelle,
Parle au Seigneur, et le Seigneur l'entend.
  O frappante merveille !
  Bientôt le mort s'éveille.
Prions celui qui reconduit au port
L'âme plongée aux gouffres de la mort.

5.

Conduite à Dieu, sans grâce et sans baptême,
L'âme avait vu prononcer son destin ;
Mais une voix suspend l'arrêt suprême ;
Un ange dit : « C'est l'ami de Martin. »
  A la fin de la vie,
  Si pour nous Martin prie,
Nous espérons arriver jusqu'au port,
Et triompher de l'éternelle mort.

14e Jour.

IL REND LA VIE A UN ESCLAVE.

1.

Le miracle revient et succède au miracle :
Même grâce répond encore à même foi :
La mort interrogée a rendu son oracle :
« Tout cède à la prière et reconnaît sa loi. »

2.

O Martin, entends-tu cette foule plaintive ,
Qui soudain remplit l'air des cris de sa douleur?
Ton prochain se désole, et ton âme attentive ,
Sans le connaître encor, souffre de son malheur.

3.

Pour lui porter secours, ta charité s'empresse :
Mais, hélas ! quel secours peut recevoir la mort?
Un esclave coupable, en proie à la détresse ,
A cru, par le trépas, échapper à son sort.

4.

Tu le vois : quel aspect ! Sur son horrible bouche ,
Sur ses yeux tout ouverts règne un air furieux ;
Et, jusque dans la mort, son visage farouche ,
Semble encore braver et la terre et les cieux.

5.

Les effrayants dehors de la mort et du crime
N'arrêtent point l'élan de ton pieux amour;
Pressé contre ton cœur, le cadavre s'anime
Et referme ses yeux éblouis par le jour.

6.

Lentement il se dresse, et ta main le seconde :
Tout chancelant encor sous le coup du trépas,
Il semble en étranger revenir dans ce monde,
Er sur le sol, à peine, ose fixer ses pas.

7.

Enfin il a repris l'usage de la vie;
Conservant de la mort la dernière saveur,
Il reconduit Martin; et la foule ravie,
Bénit à haute voix le nom du Dieu sauveur.

8.

Viens, ô puissant Patron, aider l'âme qui souffre
A marcher constamment au sentier du devoir;
En lui tendant la main, retiens, au bord dn gouffre,
Celui que vers la mort pousse le désespoir.

15ᵉ Jour.

IL EST ÉLU ÉVÊQUE DE TOURS.

1.

Livre ton cœur à l'allégresse,
Fais éclater un saint transport :
Car le Seigneur, dans sa tendresse,
Peuple heureux, veille sur ton sort ;
Il daigne aujourd'hui satisfaire
L'ambition de ta ferveur ;
Martin, cet humble solitaire,
Devient ton chef et ton pasteur.

2.

Déjà ses œuvres magnifiques
Font voir un apôtre nouveau,
Et de ses vertus héroïques
Brille au loin l'éclatant flambeau.
La mort a connu sa puissance,
Et la Gaule admire sa foi ;
Fidèle au Dieu de son enfance,
Il observe et prêche sa loi.

3.

Dans une retraite profonde,
Trouvant la paix et le bonheur,
Vainqueur de la chair et du monde,
Il dédaigne plaisir, honneur :
Il faut qu'une innocente ruse
L'enlève à son obscurité ;
Qu'un pieux mensonge l'abuse,
En invoquant sa charité.

4.

Il sort et tombe dans un piége
Que le Ciel l'empêche de voir ;
Soudain une troupe l'assiège
Et le réduit en son pouvoir.
En vain il veut fuir la cohorte
De ces amis séditieux ;
Ce peuple vers ses murs l'escorte :
Mais lui doit le conduire aux cieux.

5.

Il paraît, et la foule éprise,
Ne fait entendre qu'une voix :
« Heureuse sera notre église !
« Martin seul mérite son choix. »
Un instant, une lâche envie
Sur lui déverse ses dédains ;
Mais le seul tableau de sa vie,
Pour lui répond à ces mondains.

6.

Ainsi Dieu prépare la gloire
A l'homme qui fut humble et doux ;
Au juste il donne la victoire
Sur ses adversaires jaloux.
Martin, évêque de nos pères,
Leur lumière et leur bienfaiteur,
Rends nos jours calmes et prospères,
Et sois encor notre pasteur.

16e Jour.

SA CONDUITE DANS L'ÉPISCOPAT.

1.

Dans les grandeurs, Martin ne change en rien sa vie
Pauvre en son vêtement, il reste humble en son cœur
Le faste ni l'éclat ne lui font point envie :
Tous ses vœux sont au ciel, au ciel est son bonheu

2.

Pontife, il cherche encor l'ombre et la solitude ;
Au trouble des cités il préfère un désert ;
Dans un réduit champêtre, exempt d'inquiétude,
Il porte ses pensers vers le Maître qu'il sert.

3.

La colline rocheuse et la rive du fleuve
Enferment d'un détour cet asile béni,
D'où sortiront les saints, après les jours d'epreuve,
Comme on voit les aiglons s'échapper de leur nid.

4.

Par l'odeur des vertus les âmes attirée,
Volent près de Martin, pour recevoir sa loi :
Lasses d'un faux bonheur, de justice altérées,
Elles trouvent la paix à l'abri de sa foi.

5.

De disciples nombreux l'escorte l'environne,
Lorsque le bon pasteur visite son troupeau :
Instruits par son exemple, ils forment sa couronne,
Et leur mérite au sien prête un éclat nouveau.

6.

Ainsi, plein des devoirs de son saint caractère,
Il se livre en pontife au service divin ;
Mais il retient pour lui la loi du monastère :
Le moine et le prélat s'unissent en Martin.

17ᵉ Jour.

IL S'EXPOSE A LA CHUTE D'UN ARBRE.

1.

Dans quel abîme de misère
Dormaient les Gaulois nos aïeux :
Des idoles de bois, de métal ou de pierre,
Des arbres, des oiseaux, étaient pour eux des dieux!

2.

Combien de périls et d'alarmes
Il fallut pour finir leurs maux !
Et nous, leurs héritiers, les fils de tant de larmes,
Perdrons-nous, ô Martin, le fruit de tes travaux ?

3.

Martin renversait leurs idoles,
Leurs bois, leurs temples, leurs autels,
Et souvent, par le feu de ses vives paroles,
Il changeait tout à coup les âmes des mortels.

4.

Souvent le démon en furie
Contre lui poussait leur courroux :
L'apôtre, à chaque instant, prêt à livrer sa vie,
Ne leur opposait rien que son front calme et doux.

5.

Près d'un temple jeté par terre,
Le saint voulait abattre un pin ;
Mais son projet soulève une ardente colère :
Ce peuple veut sauver l'arbre qu'il croit divin.

2

6.

— « L'auteur de toute créature
« Mérite seul d'être adoré.
« Un tronc sorti du sol, produit par la nature,
« Créé pour notre usage, a-t-il rien de sacré?

7.

« Il faut, de cette erreur funeste,
« Chez vous abolir jusqu'au nom :
« Cet arbre doit tomber : tant que sa tige reste,
« Il entretient chez vous le culte du démon. »

8.

— « Soit donc, dit la troupe infidèle,
« Qu'il tombe, et qu'il tombe sur toi. »
Martin les prend au mot, sans que son cœur chancelle ;
Son courage s'élève à l'égal de sa foi.

9.

Des coups de la hache rapide
L'énorme tronc est attaqué :
Martin attend sa chute et demeure intrépide :
Le Ciel à son apôtre a-t-il jamais manqué?

10.

L'arbre tombe ; il est sur sa tête :
L'évêque trace en l'air la croix :
Le pin est repoussé comme par la tempête ;
Les assistants, troublés, un instant sont sans voix.

11.

Bientôt part de chaque poitrine
Un cri qui proclame Jésus :
Tous du Dieu rédempteur reçoivent la doctrine ;
Le Christ est triomphant, les démons sont vaincus.

12.

Viens, Martin, détruire nos vices
Et chasser Satan de nos cœurs ;
Fais retomber sur lui ses lâches artifices,
Et que son pouvoir cède à tes ordres vainqueurs.

18ᵉ Jour.

IL GUÉRIT UNE PARALYTIQUE.

Refrain.

Puissant Martin, ô notre père,
Rends pour nous tes bienfaits nouveaux ;
Viens soulager notre misère ,
Et porte un remède à nos maux.

1.

Quelque part où Martin ait dirigé sa course ,
Le deuil sèche ses pleurs et la douleur sourit :
Sa main répand les biens dont le Ciel est la source ;
Sa présence console et son toucher guérit.

2.

L'infirme , qui gisait sur son lit de souffrance ,
Ressent le doux effet de son divin pouvoir ;
Son aspect en tous lieux ramène l'espérance ;
Et c'est être sauvé déjà que de le voir.

3.

Un vieillard gémissant, à genoux, le supplie
De descendre chez lui : sa fille va mourir :
« Du fléau qui l'étreint qu'un ordre la délie ;
« Et c'est toi seul, dit-il, qui peux la secourir »

4.

Toujours humble, Martin, à ces accents se trouble ;
Il voudrait fuir la gloire et son funeste écueil :
Mais un père l'invoque, et sa plainte redouble :
Doit-il être cruel par crainte de l'orgueil ?

5.

Martin est prosterné le front dans la poussière :
C'est ainsi qu'il obtient les grâces du Seigneur ;
Il élève vers Dieu la voix de sa prière,
Et le père affligé retrouve le bonheur.

6.

Sitôt que de sa main le pontife le touche,
Chaque membre revient à sa première loi ;
Tout à l'heure immobile, elle quitte sa couche
La vierge qu'a sauvée un seul acte de foi.

Refrain.

Puissant Martin, ô notre père,
Rends pour nous tes bienfaits nouveaux ;
Viens soulager notre misère,
Et porte un remède à nos maux.

TROISIÈME NEUVAINE.

19ᵉ Jour.

IL GUÉRIT UN LÉPREUX.

1.

Triste lépreux, banni loin de tes frères,
De ton exil je partage la loi :
Quand le péché me couvre de misères,
Ne suis-je pas un proscrit comme toi ?

2.

Ton mal affreux et les taches étranges
Sont pour tout homme un objet de terreur ;
Et mon péché n'offre aux regards des anges
Qu'un tableau plein de dégoût et d'horreur.

3.

Jour de transport, d'ineffable allégresse,
Quand de Martin tu rencontres les pas,
Quand il te voit, t'embrasse avec tendresse
Et te guérit d'un mal qu'il ne craint pas !

4.

Divin pouvoir d'une charité pure !
De quels tourments elle allège le faix !
Pour triompher des maux de la nature,
Que lui faut-il ? Un seul baiser de paix.

5.

Daigne, Martin, dans la sainte patrie,
Prendre en pitié l'excès de mon malheur ;
Et, t'inclinant vers mon âme flétrie,
Verser un baume à sa longue douleur.

6.

J'attends aussi mon salut de sa bouche ;
Car sa prière est un don précieux ;
J'attends aussi que sa vertu me touche,
Pour élever un front pur vers les cieux.

7.

J'aurais alors la gloire pour partage,
Et goûterais le bonheur des élus :
Dieu me rendrait mon antique héritage
Dans ce séjour où la douleur n'est plus.

20ᵉ Jour.

SAINT MARTIN A L'ÉGLISE.

1.

Près d'ofirir la sainte victime,
Martin, dans un repos intime,
Seul, éloigné de tous les yeux,
  S'anime
.A porter son élan pieux
  Aux cieux.

2.

Nul n'ose troubler le mystère
De la cellule solitaire :
Chacun respecte la ferveur
  Du père
Qui, tremblant, prépare au Seigneur
  Son cœur.

3.

Mais le besoin chasse la crainte :
De cette vénérable enceinte
Un malheureux franchit le seuil.
  Sa plainte
Au saint expose sans orgueil
  Son deuil.

4.

Martin soulage sa souffrance ;
A ce pauvre il rend l'espérance ;
Puis pour l'office solennel
          S'avance :
Il aborde de l'Eternel
          L'autel.

5.

Le ciel, dont il fait la conquête,
Descend et prend part à la fête,
En couronnant du Bienheureux
          La tête,
Et parant son front lumineux
          De feux.

6.

O charité ! doux sacrifice !
Rends-nous toujours le Ciel propice ;
Viens chasser tes feux vainqueurs
          Le vice,
Et consumer de tes ardeurs
          Nos cœurs.

21ᵉ Jour.

IL RÉSUSCITE UN PETIT ENFANT.

1.

Un feu divin brûle son cœur,
Le zèle dévore son âme :
Plein de l'Esprit consolateur,
Martin et s'éclaire et s'enflamme ;
Il annonce un Dieu créateur.

Refrain.

Martin, ô notre père,
Viens encore opérer tes œuvres sur la terre.

2.

Tout son être a soudain frémi ;
Il parle un céleste langage ;
Car son cœur pieux a gémi,
Devant un peuple en esclavage,
Sous la loi de son ennemi.

3.

A tout ce peuple malheureux
Qu'aveugle encor l'idolâtrie,
Il enseigne que, dans les cieux,
Nous avons une autre patrie
Où doivent tendre tous nos vœux.

4.

Il prêche le Dieu de la croix
A cette foule qui l'ignore ;
Les sons éclatants de sa voix
Du saint Rédempteur qu'il adore
Proclament le nom et les droits.

5.

Mais quels sont ces cris de douleur,
Qui s'échappent de l'assemblée ?
Une femme, dont la pâleur
Montre une mère désolée,
Au saint expose son malheur.

6.

Vers Martin son bras étendu
Lui présente un enfant sans vie :
« Le Ciel a toujours entendu,
« Ami de Dieu, ta voix qui prie :
« Que mon enfant me soit rendu. »

7.

Pour ses enfants dont la foi dort,
Ainsi l'Eglise te réclame :
Martin, prends pitié de leur sort,
Rappelle la grâce en leur âme :
Tu peux encor vaincre la mort.

8.

Dans ses bras il reçoit l'enfant,
Et s'agenouille sur la terre :
Bientôt le Christ est triomphant :
Martin, à la plaintive mère,
Remet son fils : il est vivant.

9.

Nous embrassons la sainte loi
Du Dieu l'auteur de tes miracles ;
Martin, ranime notre foi,
Et dans les divins tabernacles
Appelle ceux qui sont à toi.

Refrain.

Martin, ô notre père,
Viens encore opérer tes œuvres sur la terre.

22ᵉ Jour.

IL DÉLIVRE DES CONDAMNÉS.

1.

O Martin, reçois l'humble hommage
Des malheureux reconnaissants :
Leur délivrance est ton ouvrage ;
Ils sont devenus tes enfants.
Un juge, insensible à leurs larmes,
Les condamnait tous à mourir ;
Mais ta prière, par ses charmes,
Force les prisons à s'ouvrir.

Refrain.

Ami puissant de tout être qui souffre,
Pieux Martin, daigne briser nos fers :
De nos péchés viens refermer le gouffre,
Et que ta main nous sauve des enfers.

2.

Au bruit de tant d'apprêts funèbres,
Dont gémit la cité de Tours,
Martin seul, au sein des ténèbres,
Porte aux victimes son secours.
Il veut inspirer la clémence
A ce magistrat inhumain
Qui menace, dans sa démence,
D'ensanglanter le lendemain.

3.

Arrivé devant la demeure
De ce ministre de la mort,
Il frappe en vain, car à cette heure
Tout est en silence, et tout dort.
Il se prosterne sur la voie,
Au pied de ce seuil odieux ;
Les soupirs que son cœur envoie
Vont frapper aux portes des cieux.

4.

Soudain, du haut du ciel, un ange
Entend les vœux de son ami :
Il descend, et d'un coup étrange
Il frappe le juge endormi.
Une voix résonne à l'oreille
De ce coupable sans remords :
« Le saint homme à ta porte veille,
« Martin s'afflige, et toi tu dors.

5.

O Martin, nul cœur si farouche,
Que ton nom ne put émouvoir.
De ce nom sacré qui le touche,
Le juge ressent le pouvoir.
Il court, il te voit, il pardonne ;
Puis, saisi de crainte, il s'enfuit ;
Et, dans le ciel, à ta couronne,
Un nouveau diamant reluit.

23ᵉ Jour.

SON DÉSINTÉRESSEMENT.

1.

Enfants de ce monde
Cherchez les plaisirs ;
A tous ses désirs
Livrez votre cœur immonde.
Le juste est heureux :
Il cherche les cieux.

2.

De Dieu la colère
Menace vos jours ;
Jamais son secours
N'adoucit votre misère :
Le saint, plus heureux,
Est aimé des Cieux.

3.

Si pour votre offense,
Le divin courroux
Vient tomber sur vous,
Qui prendra votre défense ?
Le juste est heureux,
On l'écoute aux Cieux.

4.

Dans votre détresse,
Si votre douleur
Ne peut du Seigneur
Calmer la main vengeresse,
Martin, plus heureux,
Fléchira les Cieux.

5.

Maisons que ravage
La faux de la mort,
Mettez votre sort
A l'abri de son suffrage :
Dites : « Bienheureux,
« Invoque les Cieux. »

6.

Martin jeûne et prie
Sept nuits et sept jours ;
Et durant le cours
De sa prière, il s'écrie :
« Rends ton peuple heureux,
« O Maître des Cieux. »

7.

Martin, tu désarmes
Le Ciel irrité :
Par ta charité
Tu termines les alarmes,
Et le peuple heureux
En rend grâce aux Cieux.

8.

Un ami t'apporte
Cent livres d'argent ;
Mais ce lourd présent
Ne franchira point ta porte.
Pour te rendre heureux,
C'est assez des Cieux.

9.

Dans ton indigence,
Ton cœur ne veut rien ;
Ton unique bien,
C'est la divine clémence :
N'est-on pas heureux
Quand on a les Cieux ?

10.

Maintenant la terre
A fui loin de toi :
Auprès du grand Roi,
Offre pour nous ta prière.
Père bienheureux,
Ouvre-nous les Cieux.

24ᵉ Jour.

SA PATIENCE A SUPPORTER LES INJURES.

1.

Seigneur, la vie est une guerre,
Où tes saints ont tous combattu :
Du méchant l'aveugle colère
N'a fait que rehausser l'éclat de leur vertu.

Refrain.

O Dieu, maître plein d'indulgence,
De la haine rends-nous vainqueurs ;
Fais que la soif de la vengeance
Jamais ne dessèche nos cœurs.

2.

Brice, pourquoi ce fol orage ?
Pourquoi ce transport furieux ?
Martin, pour apaiser ta rage,
Dit qu'il t'aime toujours, et te montre les cieux.

3.

Pourquoi, dans ce pieux asile,
Jeter la tristesse et le deuil ?
Contre cet homme humble et tranquille,
Pourquoi donc élever tant de bruit et d'orgueil ?

4.

Contre cette âme sainte et pure,
Pourquoi répandre tant de fiel ?
Pourquoi lui prodiguer l'injure,
Mêler l'amer au doux, joindre l'absinthe au miel ?

5.

Martin, au sein de la tourmente,
Dans la paix, demeure affermi :
Son âme ne sait qu'être aimante ;
Il reste toujours père avec un ennemi.

6.

Seigneur, dans ce lieu de passage,
Où nous marchons vers le tombeau,
Fais-nous souvenir qu'un outrage
Nous vaudra, dans le ciel, un triomphe plus beau.

Refrain.

O Dieu, maître plein d'indulgence,
De la haine rends-nous vainqueurs ;
Et que la soif de la vengeance
Jamais ne dessèche nos cœurs.

25ᵉ Jour.

SON INDULGENCE ENVERS SES INFÉRIEURS.

1.

Ouvrir ses bras à l'enfant indocile,
Que le remords conduit à ses genoux,
Pour saint Martin est un devoir facile :
Il ne connaît ni haine ni courroux.

2.

Il te fuyait, Martin, ce fils rebelle ;
Il prétendait échapper à ta loi ;
Mais tu priais : la grâce le rappelle,
Et le voilà suppliant devant toi.

3.

Tu n'eus jamais une parole dure ;
Ton cœur pieux ne garde qu'un trésor :
C'est la douceur ; ingratitude, injure,
De ton amour rien n'arrête l'essor.

4.

Tu dis : — « En vain on m'insulte, on m'outrage ;
« C'est son auteur, à qui l'outrage a nui ;
« Son auteur seul en souffre le dommage,
« Et son péché ne fait de tort qu'à lui.

5.

« Brice, il est vrai, mérite un coup sévère ;
« Mais contre moi je dois me prémunir ;
« Je paraîtrais assouvir ma colère,
« Et me venger plutôt que le punir.

6.

« Du Christ, enfin, l'exemple et la doctrine
« Brillent assez pour guider tous mes pas !
« Marchant en paix à sa clarté divine,
« Je souffre Brice : il a souffert Judas. »

7.

Pour le pécheur sois toujours un refuge,
Martin, pour nous montre-toi toujours bon ;
Au tribunal du redoutable Juge
Fais-nous trouver la grâce et le pardon.

26e Jour.

IL CONNAIT D'AVANCE LE JOUR DE SA MORT.

1.

Enfin , de son pèlerinage,
Il va voir s'achever le cours :
Du ciel un amoureux message
L'instruit du terme de ses jours.

2.

Quand devra finir ma carrière,
Puissé-je ainsi prévoir mon sort,
Et, près de mon heure dernière,
Préparer mon âme à la mort.

3.

Captif, j'attends la délivrance ;
Exilé, l'oubli de mes maux ;
Soldat, un terme à ma souffrance ;
Ouvrier, la fin des travaux.

4.

Lorsque vers lui le Christ envoie
Cette annonce de son bonheur,
Martin lui répond avec joie :
« Grâce soit rendue au Seigneur. »

5.

Mais tant qu'il reste sous les armes ,
Pour le service de son Roi ,
Du repos il sait fuir les charmes,
Et jusqu'au bout garder sa loi.

6.

Malgré le froid de la vieillesse,
Malgré l'hiver et sa rigueur,
Il veut partir ; et sa faiblesse
Trouve en son zèle sa vigueur.

7.

De la discorde et de l'envie ,
Il veut conjurer les fléaux ;
C'est ainsi qu'il clora sa vie
Et couronnera ses travaux.

8.

En vigilante sentinelle ,
Il apprend que, parmi les siens ,
S'est élevée une querelle ,
Indigne de ces cœurs chrétiens.

9.

A ses fils que Satan divise ,
Du Christ il porte les bienfaits :
Près d'abandonner son église ,
Il voudrait lui laisser la paix.

10.

O Martin, ceux qu'un même Père
Dans son sein doit presser un jour,
De nouveau se livrent la guerre :
Donne-leur la paix et l'amour.

27ᵉ Jour.

IL SE REND A CANDES.

1.

Anges, veillez, dans son triste veuvage,
Sur les destins de la cité de Tours :
C'en est donc fait, Martin à son rivage
A dit adieu, mais hélas ! pour toujours.

2.

Fleuve sacré, qui portes sa nacelle,
Au poids d'un saint, de bonheur tu frémis :
Sous le fardeau de ta charge immortelle,
Avec respect courbe tes flots soumis.

3.

Que ne peux-tu toujours, heureuse Loire,
Dans ton cristal, de ce pieux héros
Garder les traits embellis par sa gloire,
Et conserver sa voix dans tes échos.

4.

Mais je l'entends, cette voix qui s'éveille,
Et qui commande aux oiseaux ravisseurs :
« Fuyez ces eaux, » leur dit-il : ô merveille !
En un seul groupe ils gagnent les hauteurs.

5.

Dans ces plongeons qui cherchent leur capture,
En surprenant les habitants des eaux,
Des noirs démons Martin voit la figure,
Et chasse au loin ces sinistres oiseaux.

6.

Ah ! viens encor commander sur ces rives,
Pour en chasser les hôtes de l'enfer ;
Viens au secours de tant d'âmes captives ;
Préserve-les du désespoir amer.

7.

Candes te voit enfin toucher sa grève ;
Mais ta sainte âme attend un autre port :
A ton aspect, toute guerre fait trève,
Mais toi, tu vas lutter avec la mort.

TRIDUUM.

28ᵉ Jour.

SES FORCES L'ABANDONNENT.

*(Ce cantique est traduit d'une hymne de l'ancien
bréviaire de Tours).*

1.

L'humble Martin, près de quitter le monde,
Est plein de joie et sourit en vainqueur ;
Mais pour les siens sa charité profonde
Suspend ses vœux et fait gémir son cœur.

2.

Un doux espoir, qui le comble d'ivresse,
L'appelle au ciel ; car le ciel est si beau !
Mais aussitôt une amère tristesse
Retient son âme : il pense à son troupeau.

2.

Veut-il entrer dans la gloire céleste ?
Il voit s'ouvrir la porte du saint lieu.
Si, pour son peuple, il faut encor qu'il reste,
Ah ! n'est-ce pas déjà vivre avec Dieu ?

4.

Veut-il, ô Dieu, jouir de ta présence ?
Comme plus sûre il préfère la mort ;
Doit-il pour Dieu quitter sa récompense ?
Vivre vaut mieux : il accepte son sort.

5.

« Ah ! c'est assez, dit-il, troubler mon âme :
« Entre les deux je ne saurais choisir,
« O vie ! ô mort ! chacune me réclame :
« Que Dieu sur moi fasse son bon plaisir. »

6.

O noble cœur, âme que rien n'étonne !
O tendre amour d'un pontife pieux,
Qui, sur le point de saisir la couronne,
Songe à son peuple et le préfère aux cieux !

7.

O Trinité, nous te rendons hommage :
Dogme sacré confessé par Martin,
En t'adorant, nous aurons pour partage
L'éternité de son heureux destin.

29e Jour.

IL NE CESSE POINT DE PRIER.

1.

Taisez-vous, voix de ce monde,
Cessez, vains bruits d'ici-bas :
Martin, dans sa paix profonde,
Attend l'heure du trépas.
Il murmure une prière :
Pour qui sont ses vœux ardents ?
Pour qui peut prier un père,
Si ce n'est pour ses enfants ?

2.

Près de fuir vers la patrie,
Il recommande au Seigneur
Cette famille chérie
Dont il était le bonheur.
« Ils auront un sort prospère,
« Dit-il, si tu les défends :
« Seigneur, n'es-tu pas leur père ?
« Tu garderas tes enfants. »

2

3.

Aux témoins de son supplice.
Qui veulent le secourir :
« C'est, dit-il, sur le cilice
« Qu'un vrai chrétien doit mourir.
« Laissez moi ma couche austère,
« Jusqu'à mes derniers instants :
« C'est là l'exemple qu'un père
« Doit laisser à ses enfants. »

4.

O précieux héritage !
O touchante austérité !
Martin nous laisse en partage
La douleur, la pauvreté.
De cet exemple sévère
Acceptons les traits puissants :
Martin sera notre père,
Et bénira ses enfants.

30ᵉ Jour.

IL MEURT.

1.

Etendu sur un lit de cendre,
Elevant les mains et les yeux,
Martin ne semble plus attendre
Que l'instant de partir aux cieux.

Refrain.

O Martin, lorsque la souffrance
Viendra m'annoncer mon trépas,
Console-moi par l'espérance,
O bon Martin, ne m'abandonne pas.

2.

Son âme est à Dieu tout entière,
Elle veille en Dieu nuit et jour,
Et dans une ardente prière,
Sans cesse exhale son amour.

3.

C'est en vain que sa force tombe,
Son grand cœur n'est point abattu ;
A son faible corps qui succombe,
Son âme prête sa vertu.

4.

« Eh ! quoi ? votre pitié réclame !
« Taisez-vous, disciples pieux ;
« Laissez, dit-il, laissez mon âme
« Tracer son chemin vers les cieux. »

5.

Il voit Satan : « Bête farouche,
« Que viens-tu faire près de moi ?
« Ma main, ni mon cœur, ni ma bouche,
« N'ont jamais reconnu ta loi.

6.

« Rien n'est en moi qui t'appartienne :
« Rien au démon, tout au Seigneur :
« Il a ma foi, moi j'ai la sienne :
« Il va m'accorder son bonheur. »

7.

Il dit. Confiant et modeste,
Il achève en paix son destin,
Et son âme toute céleste
S'asseoit à l'éternel festin.

8.

Mais son corps, resté sur la terre,
Soudain parut se rajeunir,
Et resplendir à la lumière
Du jour qui ne doit point finir.

9.

Heureux celui que la mort même
Trouve sans honte et sans terreur !
Heureux qui, dans cette heure extrême,
N'a point à pleurer son erreur !

Refrain.

O Martin, lorsque la souffrance
Viendra m'annoncer mon trépas,
Console-moi par l'espérance,
O bon Martin, ne m'abandonne pas.

Lendemain du dernier jour.

SES FUNÉRAILLES TRIOMPHALES.

1.

D'où viennent ces joyeux cantiques ?
D'où partent ces divins concerts ?
J'entends les hymnes séraphiques
Qui retentissent dans les airs :
Anges, vous célébrez la fête
De notre patron vénéré.
Du ciel il a fait la conquête :
Il y voit son trône assuré,

Refrain.

Grand saint Martin, Vierge Marie,
Ecoutez nos faibles accents :
Vous qui régnez dans la patrie,
Réunissez-y vos enfants.

2.

Mais, dans cette heure solennelle,
Où Martin quitte ces bas lieux,
Tu gémis, ô peuple fidèle,
Et des larmes mouillent tes yeux.
Console-toi : sa douce image
Sourit encore à ton amour :
Il accueillera ton hommage
Du haut du céleste séjour.

3.

Vers le ciel, ce père si tendre,
Triomphant a pris son essor :
Le Ciel seul pourra nous le rendre ;
Dans le ciel est notre trésor.
Suivons le sentier que son âme
A pris dans son élan vainqueur ;
Qu'au ciel, sur des ailes de flamme,
Le désir porte notre cœur.

4.

Il a vécu dans l'indigence,
Il a méprisé les plaisirs ;
Sous le deuil de la pénitence
Il exhala tous ses soupirs ;
Maintenant, au sein de la gloire,
Il élève un front radieux,
Et son éternelle mémoire
Est répandue en tous les lieux.

5.

Voilà, chrétiens, le noble exemple
Que nous devons tous imiter,
Pour qu'à prendre place en son temple
Dieu daigne un jour nous inviter.
Réprimons toute basse envie,
Marchons sans détour et sans fiel,
Soyons pauvres dans cette vie,
Et nous serons riches au ciel.

Refrain.

Grand saint Martin, Vierge Marie,
Ecoutez nos faibles accents ;
Vous qui régnez dans la patrie,
Réunissez-y vos enfants.

FIN.

Tours, Imprimerie Ladevèze.

www.ingramcontent.com/pod-product-compliance
Lightning Source LLC
Chambersburg PA
CBHW070819260626
47161CB00006B/2341